KB260222

단비를 기다리다

단비를 기다리다

정양숙 제2시집

미래시선 139

미래문화사

단비를 기다리다

어렸을 때
김 소월의 시 한 구절을 읽고
그 애절함에 소름 돋던 충격이 지금도 생생합니다
하나님의 은혜로 먼 옛날의 꿈을 이루고
희로애락의 빛깔들을 모아
제2시집 《단비를 기다리다》를 묶습니다
고향 집 마당의 하늘 가리던 푸른 잣나무향처럼
황홀한 아름다움으로 꽃피던 커다란 살구나무처럼
뒷동산과 뜨락에 하염없던 새하얀 달빛처럼
영혼이 외롭고 가슴 따듯한 이에게
작은 미소와 기쁨을 전해주고 싶습니다

제2시집이 출간되도록 도와 주신 관계자 여러분과
저를 진심으로 아껴주시고 후원해주신
모든 분들께 감사 드립니다.

2005 초겨울   정양숙

기다림의 정서와 그리움

오 동 춘

문학박사 | 짚신문학회 회장

시란 한 마디로 언어 예술이다. 인간의 정서와 사상을 운율적 언어로 압축하여 쓴 창조적인 예술품인 것이다. 언어예술인 시의 구성요소로 운율 음성을 동반하는 음악적 요소, 심상 형상을 그리는 회화적 요소, 사상과 개념을 형상화하는 의미적 요소가 있다. 이와 같은 시의 구성요소를 적절히 기교적으로 활용하여 한국적 서정시를 잘 창작하는 정양숙 시인이 벌써 두 번째 시집, 《단비를 기다리다》를 낸다고 한다. 참 기쁜 일이다.

정양숙은 2000년도 9월에 〈바위고개〉〈배초향〉〈푸른 나뭇잎을 보고〉 등의 작품이 《문예사조》(9월호)에 당선되어 시단에 오른 시인이다. 그간 활발한 시작활동을 하며 2002년도에 발행한 첫 시집 《그림자 된 그리움》은 영풍문고에서 베스트셀러 4위까지 올라 많은 독자층을 확보했다. 2004년도에는 제4회 짚신문학상(시부문)을 수상하였다. 쉼 없이 꾸준히 노력하는 시인으로 그 작품수준이 날로 향상해 가고 있으며 이젠 어엿한 시인의 자리를 굳히고 시집 두 권을 발행하는 성실성을 보여준다.

정양숙은 원래 소설가의 꿈이 있었으나 그의 참신한 정감과 비유로 시의 길을 걷게 된 것이다. 그의 대표작 중의 하

나로 인정되는 〈찔레꽃 향기〉는 그리움과 기다림의 전통적
인 우리 정서를 잘 보여주고 있다.

　　부드럽고 여린 꽃잎 어디에
　　이토록 우아한 향취 품었을까
　　희디 흰 꽃송이마다
　　애틋한 향내로 피어나는
　　짙은 그리움
　　　　－〈찔레꽃 향기〉 첫째 연

　'향취, 향내'의 후각적 이미지와 '희디 흰'의 색채적 이미
지를 꽃송이의 시각적 이미지에 결합시켜 감각적 표현에 미
적 특질을 잘 살려 형상화하고 있다. 그리움의 보편적 정서
가 잘 승화되어 있다.

　　눈길 뗄 수 없는 아름다움
　　새털구름처럼 흩어져버리면
　　또다시
　　오월을 기다리고
　　유월을 기다린다.
　　　　－〈찔레꽃 향기〉 넷째 연

　이 시의 시적 의미와 향기는 고려 가요인 〈가시리〉가 보
여주는 기다림의 정서가 미적감각을 환기시킨다. 만해, 소월
시에서 볼 수 있는 현대적인 기다림의 정서가 찔레꽃의 미
적 가치를 시의 깊은 이미지로 잘 승화시켜 보여준다. 〈안개

비 속에서〉, 〈발자국 소리〉, 〈단비를 기다리다〉 등은 기다림
의 우리 전통적인 정서와 사상이 시적 변용을 보인 작품이
다.
　봄과 희망의 긍정적 시 세계를 보이는 작품으로 〈갈 길
보이다〉, 〈봄 동산〉, 〈가벼워지기〉 등의 작품이 보인다. 기
쁨이 피어나는 〈작은 새〉, 꽃을 찬미한 〈장미〉 등도 희망적
이미지로 창작된 작품이다.

　상상조차 두려워라
　주님을 모르는 삶
　기독교인으로 살아가게 하신
　놀라운 축복
　생전에 감사 드리겠네
　　　– 〈축복〉 둘째 연

　이 시는 신앙심이 뜨거운 신앙시로 볼 수 있다. 정양숙은
믿음이 투철한 기독교인이다. 종교적 신념과 자기 충일감을
잘 드러내고 있다.
　"사랑하지 않는 자는/ 하나님을 모르나니/"로 읊은 〈작은
선행〉도 정양숙의 돈독한 신앙과 자기고백의 자화상을 보여
준다. 온 천지를 하얀 순수로 승화시키는 겨울 이미지의 〈눈
오는 날〉은 단연의 산문시로 자기 정화의 사상과 감정이 곱
게 승화되어 있다. 〈시간〉의 시의 말미에도 '기도를 해야겠
다' 는 의지를 보여준다. 정양숙은 신앙고백의 시로 하나님께
영광 돌리는 신앙을 잘 표출한다.
　〈무상〉, 〈산벚꽃 나무〉에서는 허무의식을 노래했고, 〈가벼

워지기〉에서,

> 꿈꾸고 웃음 많던
> 순수의 시간을 되찾으리
> 퇴락한 상념의 뜰에
> 기쁨의 꽃을 되살리리

로 읊어 순수의 시간이나 기쁨의 꽃을 되찾는 삶의 희열을 갈구하고 있다.

〈여정〉, 〈늦여름〉 등의 은유적 수사법을 동원하여 이미지를 선명하게 부각시킨 창작기교는 세련미를 잘 보여 수고 있다.

시에 집념과 창작의 근면성을 보이는 정양숙의 제2시집이 〈작은 새〉의 한 구절처럼 '빛나는 자유와 풍요'를 누리는 귀한 시집이 되리라 믿는다.

한결같은 발전과 꾸준한 정진을 빈다.

2005. 11. 3.
송골서재에서

차례

1 · 삶의 빛깔

2 · 찔레꽃 향기

3 · 가벼워지기

1

삶의 빛깔

그래도
삶은 아름답고
감사함으로 넘쳐야 하는 것
기쁨과 축복의 빛깔을 뽑아
자신을 조율한다

갈 길 보이다

운명은 피해가지 못하는가
억지로는 안 되어도
때가 되면
돌고 돌아 마주치는 것

오랜 시간 많은 날들
잡을 수 없어 애타던 풀잎 꿈

생각을 끊으리라
포기하는 순간 열리던 문
갈길 보이고

삭막한 대지를 감싸는 봄비
기갈 든 뿌리에도 움트고
꽃망울 터지겠네.

《문예사조》 2003. 8월호

봄소풍 나온 장끼

어여쁜 새야
너의 화려한 비단옷
우아한 자태 곱기도 해라
바람 찬 빈 숲길에
이른 봄 산책하느냐
사랑이 그리운 것이냐

순진한 새야
길가 가까이 서성이지 마라
빛깔 고운 털 속에 숨은
담백한 너의 육질 탐내는 자
지켜보는 눈길 두려워라

사랑스러운 새야
푸드득 멀리 날아라
소리 없이 꼭꼭 숨어
때를 기다려라
파란 풀잎 나뭇잎들
찬란한 보호막을 칠 때까지.

《수필문학》 2004. 4월호

변화

이렇게 마주보며
웃음 지은 일 있었을까
서슴없이
악수의 손길 내미네
이글거리던 적개심
미움과 허욕의 짐 버린 후로
고운 피부 빛나고
침묵하던 입술에는
이야기꽃 쉬지 않고 피어나네
부드러운 눈가에
웃음샘 마르지 않네
자족하고 감사하는 행복
따뜻한 편안함이
마음과 마음으로 번져가네.

《신문예》 2004. 5-6월호

산책 길에서

솔빛 푸른 산자락
어여쁜 새 청아하게 노래하네
누구일까
커다란 십자가 단아한 돌무덤에
반백년이 다 되도록
샛빨간 장미 꽃다발
지지않는 향기를 바치는 이
싱그러운 꽃송이마다 피어나는
애절한 사랑의 숨결
본향을 바라보네
영원으로 이어가는 핏빛 인연
시들지 않는 장미의 꿈.

《문예사조》 2003. 10월호

그 해 여름

7월의 폭염 숨막히던
그 해 여름
길가 잡풀마저
열기에 기절하던 날

삶의 번민
무거워
차라리 한 마리 나비가 되리라
괴롬 없는 그 곳에서
너를 기다리는

무모한 서릿발 앞에
하얗게 남겨진
맑은 눈망울들.

《문예사조》 2005. 6월호

빨간 스웨터 초록 스커트

형식적 관계는 넘치는데
좋은 벗 몇이나 될까
이기적 세태의 냉정함은
강한 내성으로 극복하리라

순전히 친척 탓에 황금들 넓은 토지 날아간 후
연이은 폭풍에 무너지던 고향 집 가산과 평안

중학교도 안 보내 주고……
억울하고 슬픈 공백 기간
써늘한 달빛 처연한 가을날
흰 깃 깔끔한 여학생 교복 앞에
초라함에 눈물겹던 나의 화려한 추석빔
예쁜 털 스웨터 반짝이 초록 스커트

2년 후 진학한 상급 학교
은사시나뭇잎 빛나는 오솔길은 항울제였고
혼자에 익숙해진 아이는
음악과 독서의 심연에 안주했다

혼돈의 계절
악한 사람들과 숱한 방해물

꼬리를 무는 문제들 산재한 비포장 길
때때로 큰 나무 그늘 샘물의 축복 있어
나그네 행로
슬플 것도 즐거울 것도 없는 것이리라
은혜의 햇살 부신 마음의 뜰에는
선하고 진실한 아름다움만이 만개하리라.

개나리꽃

산골 집에 홀로 살던 여자
텃논 개구리 울음소리 너무 슬펐는가
사립문 걸어 놓고 도시로 떠나갔다네
인기척 없는 비인 집 뜰에도
남루한 겨울 끝자락 밀어내는
힘찬 봄의 행진곡 울려 퍼지고
거침없이 무성한 개나리 생울타리
수천 수만 송이 노란 꽃리본을 달아놓고
떠나간 옛주인을 기다리네
묵묵히 기다리는 마음 먼 길을 바라보네.

삶의 빛깔

물에서 낚아 올리는 대로
죽어 버린다는
고등어만큼이나 급한 성질
스스로를 지탱하던
자존심과 오기는 어디로 갔을까

조금만 방심해도
견딜 수 없는 피폐함 속으로
끝없이 추락하는 허약한 영혼
보고 싶은 사람도
가고 싶은 곳도 없는
흐르지 않는 물속 같은 우울

그래도
삶은 아름답고
감사함으로 넘쳐야 하는 것
기쁨과 축복의 빛깔을 뽑아
자신을 조율한다.

《짚신문학》 2003. 겨울호

늦여름

긴 장마의 끝자락
한철 살이
숲 속의 명민한 미물들
때를 알아
서러움에 목청껏 우짖는다
무성한 초목들 푸른 옷소매에
아직은 여름 향기 머뭇거리는데
침식도 잊어버린
성질 급한 풀벌레들
다급한 아우성 숨차고
숲은 몸살을 앓는다
그치지 않는 애끓는 음악회
바람 인다고
잎이 진다고.

《월간문학》 2004. 1월호

발바리 · 메리 · 해리

창백한 사랑의 전설처럼
라일락 하얗게 핀 안마당에
외부인 절대 접근금지
낯선 자는 예외 없음
누구라도 갈 때까지 짖어대던
아무진 피수병
충직하고 영리한 발바리

옥상에서 기르던
포근한 털 앙증맞은 강아지
작은 가슴 외로움 사무쳤나
어쩌다 사람 기척 미친 듯 반갑다고
다리에 휘감겨 놓지 않던
동그란 눈 귀여운 메리

무수한 별 보석처럼 빛나고 늑대 우는 밤
유도화꽃 만발한 정원에서 뛰고 있을 때
언제 따라 왔을까
호위하듯 앞에서 뛰며 뒤돌아 보고
멈춰 서면 같이 서고
다시 뛰면 기쁜듯이 앞서 달리던
따뜻하고 착한 해리.

《신문예》 2004. 5-6월호

맨드라미꽃

흙 한 줌 보이지 않는
아스팔트 길옆
시멘트 담벼락에
힘차게 피어난
탐스러운 맨드라미꽃

보일 듯 말 듯
미미한 씨앗 하나 싹 틔워
폭발하는 생명의 힘으로
기적의 뿌리 내렸네
붉게 붉게
승리의 꽃 피웠네

혼신을 다해
시련과 운명을 인내한
도도한 핏빛 웃음

《문예사조》 2003. 5월호

권고

방학 때 귀향한 딸
어둔 밤길 넘어질라
친구집 가는 길
호롱불 밝혀 들고
앞장서시던 어머니

어디 갈 때는 정장을 해라
입술 색이 너무 빨간 것 같다
자녀가 나이를 먹어도
미우면 안되고
둔한 것이 못마땅하신
팔순이 가까우시던 어머니

스트레스로 얼굴 푸석한 딸을
걱정하신다
얼굴이 왜 그렇게 부었니?
언제나 관심 갖고 살피시며
조심해라
먹는 것도 아주 조금씩 먹어
굶어 죽지 않을 만큼만.

허탈한 저녁

태풍이 휘몰아친
허탈한 저녁

도심의 소음도 의식 못한 채
목석처럼
어둡고 차디찬 돌계단에 앉아 있네
낯선 사람 담담하게 제안하네
차 한 잔 할 수 있어요?

슬픔과 환멸의 먼지 바람만
검은 허공을 맴도네.

그 집

그 집은
낡은 슬레이트 지붕 위에 천막까지 쓰고 있다
큼직한 자연석이 가득 박힌 양쪽 기둥과
연대가 느껴지는 대문의 훌륭한 문양 때문일까
고달픈 삶이 청승맞지 않다

마당을 중심으로 빙 둘러선 대여섯 가구
그들이 약간의 사생활 보호를 받는 것은
순전히 안마당의 꽃나무 정원 덕이다
안목 있게 수집 배치한 희귀한 꽃들과 눈꽃까지
사철 내내 꽃밭이다
항상 대문이 열려 있거나
대문 무늬 사이로 내부가 훤히 보인다
초라한 평상 위에 이웃사촌들 신선처럼 웃고 있다

저만큼 달빛 연못가 개구리 울음 소리 애끓고
짙푸른 쓰르라미 소리바다에 풍덩 빠지는 그곳
마음 문 닫아 걸고 자신만 사랑하는 사람들
풍족해도 미워하고 불화하는 형제들
무력해 보이지만 사람냄새 꽃냄새 잔잔한 그 집을
하염없이 바라보는 까닭은
영혼이 갈하거나 허한 탓이리라.

지혜

지혜로움은
안락함이요
청명함이요
순풍이고
기쁨이다

지혜의 부족은
번거로움이요
후회의 근원이요
사사건건 어긋나는
동문서답이다.

탐욕이라는 병

끝없는 시기심과 욕심뿐
감사하지 아니하고
악하고 무례하고

넘쳐도 부족해서
다른 것만 쳐다보고

무자비하게 남의 앞을 막고
한 겹 더 가로막고
끝까지 또 한번 방해하는

여름 어시장 생선냄새 같은.

한여름 밤

피로가 지나쳐 뒤척이는 밤
창 너머 어둠 속 웃음소리 환하다
하하하 하하
다툼이나 울음소리에 비하랴
늦은 밤 어디선가 술잔치를 벌였겠지

자정 넘어 새벽이 다되도록
시끌시끌 하하 하하하
좋은 소리도 자주 들으면 싫다는데
생각 없는 저 사람들
안면 방해죄 짓고 있다

인내의 끝
이중창문 닫히고 작은 바람기운마저 차단된다
웃음소리가 지겨울 수 있는 밤
사람들이 전원주택을 선호하고
산새들은 산에 살아야 하는 이유를 생각한다.

전망 좋은 집

아침마다 창가에 선다
잔잔한 강물 느릿느릿 멀어지는 배
강 건너 안개 어린 초록 동네
대도시의 번잡함을 잠시 잊는
전망 좋은 집의 조촐한 기쁨

서 멀리
아름다운 조지 워싱턴 다리 위를
한가롭게 오가는 자동차 화물차의 긴 행렬

녹색 숨결 충만한 강변길
민들레 소리쟁이 줄기차게 뻗어나고
향기낙원 이루는 제철 만난 아카시아꽃 숲
고향처럼 포근하다

저녁 노을 잦아진 후
까맣게 어둠 내린 강물
다리 모습 따라 총총히
고운 선을 그리는 단아한 불빛

부질없는 시름들
거리만큼 아득하다.

《농민문학》 2005. 봄호, 《월간문학》 2005. 6월호

두 가지 꿈

누군가 뒤에서
내 머리끄덩이를 묶고 있다
두 번 돌려 매주세요
빨간 댕기를 주었다
다 맨 것을 만져보니
한 손으로 모두 잡지 못할 만큼
풍성한 머리카락
단단하게 묶여 있다

죽은 줄 알았던
화분의 마른 나뭇가지
굳은 흙을 파보았다
새하얗게 뻗은 실뿌리
탐스럽다

관계자 전원의 찬성을 얻지 못해
애태우고 곤란하던 일이
해결되었다.

물질보다 귀한 것

구차함이 싫었고
폐끼치기 원치 않았다
노력했고 검소했고
이재에도 밝았노라

짠돌이 구두쇠
즐길 줄도 몰라
왜 저렇게 살까
수군수군
잠잠히 앞만 보고 달려온 길

초지일관 변함없는 철칙 실행
티끌 모아 태산 되고
드디어 부자 반열에 올랐구나
가난 멍에 다시 메지 않으리

황금빛 강렬해도
위계질서 혈육사랑
기억해라 잊지말아라
물질은 가변적이고
천륜은 영원하다.

낙엽

호흡 있는 날들의 환희
생명의 빛으로 찬란하던
영광의 시간은 저물었네

이별의 미련
추락의 어지러움
되풀이 되지 않으리
갈급함도 없으리라

앙상해도 온유한 가슴
헐벗은 옛무덤을 감싸고
피로한 대지를 포근하게 덮는다.

괘 종

희희낙락 건물 입주 축복 받으며
은은한 나무향기 새집 거실 좋은 자리 차지했네
제시간 맞춰 땡 땡 땡 장밋빛 나날이었네

해가 뜨고 지고 평온한 날 수없이 지나가고
본의 아닌 이사행렬에 끼어 남의 집 더부살이
사랑도 관심도 식어 구박받는 콩쥐 신세
처음부터 시계 치는 소리가 맘에 안 들었다고
숫자를 잘못 치는 골치덩이라며 명퇴를 강요당해
마루바닥에 누웠다 서기를 반복했지
쓰레기장 직행의 위기를 몇 번씩 넘기면서

그래도 구관이 명관이라고
모양 좋고 시간 잘 맞는다고 구사일생
겨우 복직한 옛자리 지키며 남모르는 한숨
목청은 예전만 못해도 변치않는 정확함으로
흐르는 세월 속에 묵묵히 늙어가려네.

고 독

검고 앙상한 고목
높고 메마른 가지 위
미동도 없는
까치 한 마리
빈 숲 능선 위로 너울대는
일몰을 향한 채
시름겹다.

계간 《한국시학》 2005. 여름호

벌초

청량한 바람
투명한 햇살
자연의 축복이 가없는
양지바른 무덤가
묵묵히 잡풀 베고 있는 남루한 노인
무슨 생각을 할까
쇠잔한 몸 속에 잡초처럼 자리잡은
회한을 더듬을까
노력했지만 성공과는 거리 먼
자신의 운명에 한숨 지을까
갈 길 다 갔다는 안도감일까
끝없는 고요 속으로 침잠하는 허무.

덩굴식물

혼자 설 능력 없는 덩굴손
가까이 갈 수 있다면
손 뻗치고 싶다
호시탐탐 희생양을 물색하더니
어느새 이웃 가녀린 나뭇가지 휘감았네

푸른 비늘잎 겹겹이
향기 짙은 침엽 끝마다 화사한 금빛테 두르고
초록기쁨 빛나던 어린 측백나무
생각 없이 곁에 심은 수입 작두콩 서너 알
열매도 없이 여름내내
왕성하게 검푸른 잎 요란스러운 꽃 시끌시끌

부스스 부황 든 가엾은 황금측백나무
아무도 모르게
덩굴손 무서운 욕망에 굴복했네

아끼는 초목 옆에
사나운 덩굴식물 꿈에라도 심지 않으리

가을 서곡

드센 잡풀 도랑 메우고
무거운 몸 겸손히 도열한 풀씨들
푸른 도토리 떡갈나무숲에서
곡예하던 날다람쥐 잠잠하고
산중턱 날카로운 예초기 돌아가는 소리
완고한 계절의 순환 앞에
폭서의 광기도 소강상태다

천만 근의 습기
목숨 걸고 울어대는
떼쓰르라미 온갖 매미
한낮에도 빛을 가리는 왕성한 녹색
질식 시키듯 덧씌우는 어둠
심호흡을 거듭한다

사랑 잃은 자들
마음 비단같은 자들
가슴 겹겹이 한숨 쌓인 자들
가을병 도지고 있다.

결자해지

좋은 인상인데
어둡구나

푸른 기억의 뜰
칠흑 여름밤 마당 한 귀퉁이
모깃불 생쑥대 타는 냄새
꾸역꾸역 하얀 연기 토담을 넘는다
요란하다
자지러진 기침 소리
뭇별이 깜빡이는 소리

주술처럼
어둡구나
위협하듯 딸랑대는 방울부채 소리
희미하게 때로는 집요하게

결자해지
의식했든 우연이든
그늘을 빛으로 바꾸는 절대사랑
더 크신 권능자의 은총.

저녁 창가에서

하늘 우뢰와 폭우가
천지를 뒤흔든 후
정비례하는 고요

성난 먹구름 떼 사이로
초승달 야윈 얼굴 외로워라
갈길 바쁜 날짐승 연이어 산을 넘고
성급한 귀뚜라미
습한 풀숲에서 뒤척인다

뙤약볕 속의 갈망
인내의 쓸쓸함에 익숙해진
늙은 해바라기
단념할 수 없는 목마름으로
긴 목 늘이고 섰다.

《문예사조》 2004. 5월호 〈이 달의 시〉

백세의 고독

백세 장수가 죄스럽도다
부끄럽구나
태초에 잉태된 절약정신
전등 꺼진 어둠에 밀물처럼 덮치는 침묵
꿈인가 환상인가
맞은편 허공에 뜬 그윽하고 잠잠한 불빛들은
검은 이불 끌어 올려
삭정이 육신 안으로 안으로만 웅크린다

애처로워라
송화 가루 같은 미소
세월도 좀먹지 못한 비단 살결
날마다 투명해지는 눈빛

언제였는가
있기는 했었는가
희미한 별빛 사랑
아프게 되새기며 시간의 강물이 흐른다
갈대 우는 불면의 낮과 밤
누구라도 손잡아 옆에 앉혀
추억 속에 조으는 천만가지 옛이야기
밤을 밝혀 펼치고 싶어라.

떡갈나무숲

낮게 흐린 하늘
가을비 어슬렁거리는
늦가을 숲
산까마귀 떼
까욱까욱 소란피우고
희로애락을 벗어나
초록빛 잃어버린
떡갈나무 잎들이
소나기처럼
흙으로 돌아가고 있다.

《문예사조》 2004. 5월호 〈이 달의 시〉

작은 선행

덧없는 나그네길
고의든 무의식이든
그대의 조그만 선행
힘든 이웃의
어둠 한구석 밝혔다면
무조건 감사해야 하리

기억 못하고 인정 아니 해도
그대 또한
누군가의 도움 받아 여기까지 왔으니

나의 큰 공로
남의 하찮은 수고라는
곱지 않은 생각은
사랑의 빚진자들
우리 모두 벗어야 할 굴레인 것을

"사랑하지 않는 자는
하나님을 모르나니"

《샬롬》지 2004. 4월호

2

찔레꽃 향기

퍼져가는 어둠과 고요
무성한 찔레꽃 넝쿨 너머
향나무 검은 그늘
듣고 있어도 전설 같은
소쩍새 울음소리 가슴 베이네
애수의 빛깔로 번뜩이는
빛 잃은 시긴들이어

봄 동산

만발한 개나리 진달래
숨가쁜 연초록 새순들
소생의 감동 출렁이는 봄빛 동산
때이른 한여름 더위 기승 부린다

가파른 등산길
마주친 낯선 여자
꽃나무에 기대어
가쁜 숨 몰아 쉬며 동의 구한다
혼자 왔더니 더 힘드네요

안타깝게 바라보다가
봄빛 미소를 가리킨다
그럼
이 아름다움에 빠지세요
잡담에 비하겠어요?

《농민문학》 2004. 가을호

발자국 소리

올 시간이 되었구나
먼 빛으로 다가오는
희미한 너의 발자국 소리
기다리는 마음과 눈길은
온통 창가에 머문다

조용히 열리는 문
안도의 한숨 작은 기쁨 맴돈다
메마른 가슴을 적시는 빗방울처럼
애착과 힘이 되는 너
날마다 너를 기다린다

고요한 달빛
새벽 침상에 우두커니 앉아 있다
풀숲의 벌레들도 깨어 있다
들리지 않는 너의 발자국 소리
꽃피우지 못하고.

《문예사조》 2003. 8월호

죽어서야 끝날

벽 모서리 서랍 장을 열어
이것저것 펼쳐보다가
꼭꼭 접혀 마분지 옷 갈아 입고
저 깊은 가슴바닥
동굴 속에 밀폐되어 울고 있던 푸른 피멍
들친다 선드린다
고향 집 외양간에서 쉼없이 되새김질하던
소의 착한 눈망울처럼
순하고 우직한 사랑의 잔해들
스멀스멀 일어선다
곰팡내보다 독한 슬픔의 냄새
희디 흰 눈물자국 시퍼렇게 울고 있다
세월의 파도에도 깎이지 않고
죽어서야 끝날, 그때면 하얀 재가 될
혼자 앓는 설움.

무상 無常

환희의 벚꽃 동산
흩날리는 꽃잎 세례
사람들은 행복하게 웃음짓고

산비둘기
신음처럼
가끔 울었다

향기로운 봄날은
그렇게 또 한번
너울너울 시간의 강을 건너가네.

불멸

완전 폐쇄 구역
황무지 마음 밭에
무심히 피어난
이름 모를 새싹 하나

아무도 노르세
쑥쑥
나날이 푸르름 더해 가더니
간절한 사랑의 빛으로 눈부시더니

붉은 가슴
뼛속 깊이
목숨 끝까지 휘감는
운명의 옹고집 나이테

간섭할 수도
방해 받지도 않는
불멸의 생명 나무에
지지 않는 꽃송이.

《문예사조》 2004. 5월호 〈이 달의 시〉
《신문예》 2004. 5-6월호

마음의 산책로

내 가슴속 슬픈 낙원으로 가는 길
그리움의 끝과 닿아 있는 길
희망찬 새싹들이 에머럴드빛 웃음짓는 계절이 와도
고적함이 감도는 꿈의 궁전
봄 언덕에 서서 눈 시리게 바라보았지

처음과 마지막 단 한번의 열망이
아픈 전설로 멀어져 갔네
토란 잎에 고였던 진주빛 슬픔 우르르 쏟아지고
살기 싫은 파리들도 박하잎 향취에 빠져 죽었네
작은 시냇물은 여전히 흘러가네

가물어 메마른 대지처럼
생기 잃은 잿빛 영혼이 초록 물들던 기쁨의 거리
캄캄한 밤 고아처럼 홀로 울기도 했던 거리
무더운 여름 오이비누 향기에 취하듯
이끌리던 내 마음의 산책로.

작은 새

하늘 떠받친
새하얀 희락의 꽃 바다
웃음 짓는 향기 구름
너울너울 꽃그네 타네

까마득한 꽃 그늘에 숨어
천상의 목소리로 노래하는
작은 새여

그 여린 몸
잘도 견뎠네
거칠고 긴 결핍의 계절

오늘 네가 누리는
빛나는 자유와 풍요
행복에 겨운 재잘거림
꽃 숲에 넘쳐 흘러
오가는 행인들
무표정한 얼굴에도
기쁨이 피어난다.

《문예사조》 2003. 8월호

여정

하늘과 맞닿은 적요한 밤바다
만선을 꿈꾸는 고깃배의 환한 불빛만
검은 바다 위에 가로등처럼 떠 있네
창가에 스미는 달빛의 낮은 조도가
나그네 가슴속을 밝히지 못하네
삼나무숲 그늘에도 어둠 깊어 가네
현란한 묘기를 끝낸 곡예사들도 휴식하고
유달리 억척스레 박수 치던 바다사자도 잠들 시각
아직도 광란의 춤을 추고 있을 억새숲은
바람을 원망하며
거대한 황갈색 환상처럼 나부끼고 있으리라

고맙수다
그대 이름처럼 선하고 어여쁜 비바리여.

찔레꽃 향기

부드럽고 여린 꽃잎 어디에
이토록 우아한 향취 품었을까
희디 흰 꽃송이마다
애틋한 향내로 피어나는
짙은 그리움

매혹적인 장미도 부럽지 않은
야생의 청아한 얼굴
바람은 말없는데
눈가의 이슬마저 향기를 머금었네

퍼져가는 어둠과 고요
무성한 찔레꽃 넝쿨 너머
향나무 검은 그늘
듣고 있어도 전설 같은
소쩍새 울음소리 가슴 베이네
애수의 빛깔로 번뜩이는
빛 잃은 시간들이여

눈길 뗄 수 없는 아름다움
새털구름처럼 흩어져버리면
또다시

오월을 기다리고
유월을 기다린다.

《신문예》 2004 〈빛난시〉
《농민문학》 2004 여름호

사랑

오직 너와 나
생애 단 한 사람
과거 현재 영원까지.

너는 오리라

꽃피는 아침
진주이슬 풀숲길 따라
너는 오리라

초록 잎에 햇살 황홀한 한낮
미세한 비바람결에도
우수수 우수수 낙엽 지는 오후
산골 마을 눈보라에 묻혀가는 밤이거나
가슴 저민 새벽 달빛 받으며
너는 오리라

조금 빠르거나
아득하게 늦을지라도
너는 오리라
숨차도록
단숨에 달려 오리라
내게
너는 오리라

행운

폭염 속에 드리운
서늘한 나무 그늘 같은

어둔 밤길 밝히는
부드러운 달빛 같은

지친 심신을 스치는
상쾌한 바람 같은

목마를 때 발견한
시원한 샘물 같은

오전 내내 찾지 못했던
그런 사람이 있다는 것을
오후에 알았다.

《문학공간》 2004. 9월호

산벚꽃 나무

가슴 떨리도록 강렬한 미소
연분홍 화려한 몸매
봄 숲 뒤덮은 화창한 산벚꽃 나무
마음 빼앗고 발목 잡네

뜬구름도 시샘했는데
덧없어라
단명한 아름다움 시들어
고요의 무게도 견딜 수 없네
실낱 같은 미풍도 어지러워
하르르 하르르 무너지네

무성한 가지 초록 잎 사이사이
단단하고 풋풋한 열매
터질 듯 온몸으로 품었네
풍요로운 결실을 축복하면서
미련없이 떠나가네
하늘하늘 꽃눈 내리네
소리 없이 꽃눈 쌓이네.

《문예사조》 2003. 10월호

무엇일까

영혼에도
색깔 있다면
달밤에 핀 박꽃일까
참숯 검댕일까

영혼에도
맛이 있다면
상큼한 레몬일까
쓰디쓴 덩굴차일까

영혼에도
모양 있다면
번쩍이는 금빛 물결일까
정처 없는 떼바람일까.

환생

봄마다 작은 가슴 흔들며
유년의 정원에 찬란하던 살구나무
양지 바른 동산에 벚나무로 환생했나
낯익어
남 같지 않아
까마득한 나무 밑에 가만히 서 본다
눈빛 맑던 그 계집아이처럼 올려다본다
쉽게 떠나지 못하는
벚나무가 된 내 맘속 살구나무.

여름 한가운데

숨막히는 초록
휘감기는 우윳빛 안개
혼자 나선 산행
온전한 자유를 꿈꾼다
그리움도 근심도 잊고 싶다

어둘 무렵
뜸한 인적
검은 나뭇가지 시퍼런 잎 너풀너풀
하산을 서두른다
숲의 작은 기척에도 긴장하면서

천상의 가락인가 고운 새소리
가지런한 잎새 북나무 밑에 숨죽인다
한 줌도 안 되는 애교스러운 몸
앙증맞은 부리로 정신없이 종알종알
아름다움은 기쁨임을 확인하며
가벼워진 발걸음에 가속도가 붙는다.

《농민문학》 2005. 여름호

앙리 루소의 잠자는 집시 여인

꽃피는 봄은 아득했다
젊음의 빛도 무색했고
곤고한 마음의 바다는 노래하지 않았다

음울한 회색빛 도상에서 지면으로 대면한
'앙리 루소의 잠자는 집시 여인'의 충격
화폭 가득 원색의 환상으로 일렁이는
절대 고독과 무한 자유
첫눈에 중독되었노라
캄캄한 지하실에 뻗치는 황금햇살의 강렬함으로

열망하면 다다르는가
뉴욕 현대 미술관
치명적 방랑의 처음과 끝
오랜 그리움 앞에 말없이 섰다

사진 촬영 금지 주의도 깜빡 잊고
카메라 셔터를 누르다가
프래시가 작품수명을 단축시킬까 염려하는
외국여자 관람객의 강한 질타에 웃음짓는다
나는 달빛 사막 잠에 빠진 집시 주위를 못 떠나고
그 앳된 미술 애호가도 저만큼 서성인다

인종과 시공간을 초월하는
위대한 예술의 눈부신 광휘.

배초향 · 2

잃어버린 봄 그리고 여름
오지 않는 이를
끝없이 기다리는 외길 사랑

홀로 무성한 배초향
송이송이 서린 슬픔

세월의 강물이 몇 겁을 흘러야
저 서슬 푸른 보랏빛 그리움의 바다에
망각의 검은 그늘 드리울까?

기쁨의 전도사

어디 좋은 소식 없나요
광고해 드리리다

남의 경사가 내일처럼 기쁘다오
누구든지
단점은 축소하고 장점만 확대합니다
그대의 복된 일 주위의 좋은 일
제발 알려 주오
우리 모두 즐거워하고 축하해야지요

따뜻한 마음밭에 여무는
축복의 열매들.

하얀 매혹

황톳빛 산골길
거친 가시덩굴에 피어난
하소하듯 창백한 얼굴
애련의 향기에 이끌려
발길 멈춘다

찔레 떨기 밑에는 뱀이 있단다
누군가의 경고도 아랑곳 없이
고운 꽃잎 뚝뚝 떨어지고
새소리 들리지 않을 때까지
어린 염세주의자를 홀리던
하얀 매혹

무리 지어 핀 보랏빛 붓꽃과
환상의 앙상블을 이룬 채
기억 저편
새하얀 가슴앓이로 피어 있네.

생각

단 하루
일분 일초도 멈추지 않는
초침처럼
쉬지 않고

아침에 눈 띠시 밤까지
칡넝쿨 뻗어가듯
물 흐르듯
한곳으로만 몰려가는
시간도 어쩌지 못하는.

해와 달

비 그친 가지 끝의 영롱한 빗방울이었나
봄눈처럼 허망한 아름다움이었나

군중 속 지루함이 흐느적거리는 대합실
막막하게 앉아 있네
창밖에는 천일홍꽃 무심히 피어 있네

떨리는 목소리
잠든 혼을 일깨우고
티끌만한 손상도 불협화음도 허용치 않는
완전을 꿈꾸던 덧없는 불꽃

낮의 해와
밤의 달이 되어
끝없이 어긋나는 미완의 사랑.

옛얼굴

변색되지 않는
원초적 그리움

가슴 속에 뜨고 지던
그 먼 날의 옛얼굴
고향 농산지키는
여전히 곱고 둥근 달

우리 얼마나 그리워했는가

애모하던 님을 만난 벅찬 기쁨
창백하던 낯빛
화색마저 감도누나

쉬지 않고 쫓아 온 달빛
새벽 창문 환하다.

《문예사조》 2004. 5월호 〈이 달의 시〉

장미

장미꽃 화병 가득 꽂아두고
꽃 향기 노예되어
오가다
틈만 나면 다가가서
아름다움에 경배한다

온갖 찬사도 부족해라
어여쁜 꽃잎 극치의 향기로움
혼절하듯 멍해진다

꽃 없는 세상은
집시 여인의 사막이다.

여기서 아니라면

언제부터일까
단조롭고 습관적인 일상을
빛깔 고운 웃음으로 물들이는 너

네가 얼마나 특별한지
얼마나 큰 기쁨인시
날마다 네 곁에 머물 수 있기를
언제나 네 옆에 살 수 있기를

간절해도
이루어지지 못하는 아픔들

여기서 아니라면
여기서 안 된다면
우리 다시 만나리 천국 하늘에서.

《문예사조》 2004. 11월호

마른 꽃

환상적인 미려함에 반해
애지중지
책갈피에 모셔둔 자귀꽃송이
우연히 다시 보니
잊혀진 슬픔인가
깃털처럼 부드럽고 그윽하던
생명의 빛 사라지고
침묵 깊어라
아! 덧없는 아름다운 것들.

사진

흐드러진 장미 정원
햇살처럼 웃는 젊음
방해받지 않는 행복
순간에서 영원이 된.

호숫가를 서성이다

남녘에 나비태풍이 지나가던
초가을 저녁 무렵
주홍빛 노을과 먹장구름이
드넓은 하늘에 마구 그린
기괴한 추상화를 수없이 덧칠하네

애련에 목마른 코스모스 길을 간다
비탈진 언덕 순백의 옥잠화 향기는
아직도 보내지 못한 가슴속 그대인가

거친 부들 우거지고
오늘따라 큰 물결무늬 번지는 호숫가
서 있기만 해도 풍경이 되는 백로여
네게 있는 초연함 닮을 수 없으니
너의 우아한 평화 내게는 없어라

어제와 그제
오늘 하루도
결론 없는 생각의 쳇바퀴를 맴돈다.

인연

열대야 수면부족의 무거움
동시다발적인 삶의 파도
피로한 발걸음으로 무심히 다가간
도시 한 복판 비좁은 꽃집

에사롭지 않은 이끌림
알듯 모를 듯 은은한 향기로 인사하는
초라한 선반 위 우아한 한 포기 풀꽃
다시 한번 뒤돌아보네

우연히 보았던 그 다년생 꽃화분
신기하도록 정확하게 제자리 찾아와
날마다 톡톡톡
연둣빛 고운 얼굴 참았던 웃음 터뜨리네.

《경기펜문학》 2005. 제4호

지금 그대로

왜 이렇게 바람은 불어
때 아니게 잿빛이 된
너의 머리카락 흩날리는가
네 눈빛의 작은 흔들림
그늘진 안색
이 가슴에 쓸쓸한 물결로 출렁인다

어여쁘고 화창하던 날들 되돌리지 못해도
내 눈길 머물고
내 발길 멈추는 그 곳에
지금 그대로
빛나는 아침 해가 저녁놀로 스러지듯
처음과 끝으로 머물러다오
탈색되지 않는 백년사진처럼.

늙은 벚나무

산새가 허가 없이 동굴 파놓고
해충이 마음껏 뜯어먹고
울퉁불퉁 병들어 찢기고 갈라지고
오랜 풍상에 뒤틀리고 패인 황량한 가슴
위독한 벚나무
열성으로 눈부시던 날들을 잊지 못하네
질긴 미련과 집착
고된 몸 늙은 혼이
숨겨진 마력으로 하늘 향해 뿜어올린
황혼의 불꽃같은 생의 예찬
한숨 토하도록 빼어난 꽃송이들
청춘보다 싱그럽다.

소리쟁이 피는 언덕

먼 순수의 시대
울긋불긋 성황당 너머 읍내에는 오일장이 서고
막걸리 한 사발에 얼큰하신 아버지 망태기 속에는
한물간 자반 고등어나 꽁치가 비린내를 풍겼습니다
다음 날이면 어김없이
동생의 선 고운 입술은 백합꽃처럼 부풀고
언니 등과 팔에 솟은 두드러기 미치도록 가려웠지요
허옇게 바른 밀가루 같은 정체불명의 약은
도무지 약효가 없었습니다

맹목적인 사랑을 퍼부으시던 어머니 뵈지 않고
한 뿌리에 올망졸망
체질과 모습 닮은 형제 자매들 어디 있는가
만나지 못하고 침묵이 흘러갑니다
산천도 사람도 낯선 옛언덕에 앉아
지천으로 자란 쑥향기 고향냄새에 취할 때
활기찬 소리쟁이 잎사귀 너풀너풀 반가운 손짓합니다
언덕 끝 양지바른 소나무 동산에는
온종일 송화가루 풀풀 날립니다.

《농민문학》 2005. 가을호

3

가벼워지기

사시사철 흐려 있는 마음의 창
활짝 열리라
침울함과 무거움의 먼지를 털어내고
낙천주의자의 밝은 노래를 부르리라
평화와 소망의 양지로 발돋움하리라

행복해지는 법

핑계와 이유 많은 자
교만과 욕심을 친구 삼은 자
대부분 감사하지 않습니다
은혜의 샘물 찾을 수 없어
고달프고 목마르답니다
웃음이 없는 얼굴
마음의 평안 없는 세상 행복
아까운 개살구지요
구름과 바람의 자유를 배우고
나날에 자족하면서
애써서라도 감사의 조건들만 기억하면
안절부절 못하는 세상살이라지만
마음은 언제나 샬롬!이 아니겠어요?

《문예사조》 2004. 6월호

사막을 품다

아무리 귀한 것도
흔하거나
지척에 있다면
잊거나 지나친다
풍성한 자연의 혜택이 당연하고
무한한 부모 사랑이 무상이듯이

어두워진 후
되돌릴 수 없는 거리에서
선명해진 가치와 장점을 떠올리며
상실감에 눈물짓는다

만날 수도 웃을 수도 없다
극복될 수 없는 시공
매력 없는 일상
낯선 길에 홀로 있는 두려움
외롭게 남은 자
가슴 가득 사막을 품는다.

가벼워지기

포근한 비단 햇살이
진달래 꽃망울 터뜨리던
어느 유년의 하교길
긴 울음 따라 기쁨도 흘러갔네

마음 깊이 성기어 핀
보랏빛 허공
우울의 달콤함에 빠진
흐린 기억들

반복하던 혼돈의 노래를
망각의 뒤안길에서 멈추고
거대한 숲을 흔들며 아우성치는
저 사나운 바람결에 띄워 보낸다

꿈꾸고 웃음 많던
순수의 시간을 되찾으리
퇴락한 상념의 뜰에
기쁨의 꽃을 되살리리.

《문예사조》 2004. 6월호
《신문예》 2004. 〈빛난시〉

사랑의 부재

싱싱하던 꽃송이 시들고
또 한 송이 떨어진다

잦은 태풍
미움 들끓는 곳에
살아 남는 것은 없다
영원한 사랑의 맹세도
인연의 질긴 끈도
무력하다

사랑하는 기쁨을 모르는 불행
은혜의 불모지에
행복은 꽃피지 못한다.

《월간문학》 2005. 6월호

시간

엉킨 실타래가 목에 걸렸는지
검은 빛 상념의 추는 아직도
짹깍짹깍
한겨울이다

오래된 창에 선명한 풍경 있다
어린애를 울려버린 눈 덮인 사찰의 적요함과
귀에 박힌 구슬픈 풍경소리
꽁꽁 얼어 붙은 강이
아직도 외로이 떨고 있다

이 모든 추위를 막아주던
따듯하고 부신 촛불은 어디로 갔을까
옷의 겹겹 마다 들어서는 찬 바람
얼어 죽을 것 같은 시간

기도를 해야겠다.

단비를 기다리다

행복은 주관적이고
타인의 평가는 피상적인 것
장미 만발하고
가슴에 봄바람 부는 날 몇 날일까

예측 못한 그물과 덫에 허우적거리고
나쁜 운 부주의로 미친 개에 물리며
싸리꽃에 반했다가 쐐기에 부르튼다

화려한 절정의 시간을 위하여
혹독한 겨울을 인내하는 꽃눈의 의지로
오르락 내리락
어둔 골짜기를 지난다
막연한 은혜의 단비를 기다리며

이끼 낀 고목 같은 무력감에 짓눌릴 때
가깝고 먼 곳에서 들려오는 희망의 노래들이
시들은 삶의 생명수가 되고
소생의 푸른 싹을 틔운다.

《문예사조》 2005. 6월호

우울의 실체

짧은 개임
긴 흐림
자석에 이끌리는 쇠붙이처럼
어둠에 홀린다

직직하고 습한 안개에 젖어
행복을 낯가림한다
연회색빛 무표정한 어느 병원복도 지날 때
조금 열린 문틈으로 새어 나오던
신경 정신과 치료실 불협화음만큼이나
혼란스럽다

성요한초 추출물을 먹어야 하고
눈부신 햇살세례가 필요한 병

염세의 덫
우울의 실체는
불안과 상실과 자책감이다.

안개비 속에서

아득한 바다도
검붉은 해초 뒤덮인 먼 개펄도
끝없이 희뿌연 안개비에 젖은
몽환의 저녁 어스름

유월의 초록 숲과
가로등 너머 도심 빌딩들도
눅눅하고 우울하다

밤낮없이 흐려 있는 비의 계절
밝은 햇빛을 그리듯
만나고 헤어지고
다시 또 두 팔 벌려
기쁨으로 껴안을 날 기다리며
세월이 간다

잠시 흔들리는 방향 감각
방법이 보이지 않는다
기도하며 노력하며 기다리는 일 외에는.

《월간문학》 2004. 1월호
《신문예》 2004. 〈빛난 시〉

바람소리를 들으러 간다

목 언저리 오래된
신경성 습진이 재발하고

대범하게 살라거나
마음조절을 잘해야 된다는
의사 선생님의 권고를 듣는 날은

바람소리를 들으러 간다.

엉겅퀴와 아기참새

초록 향기 풋풋한 산속
가싯잎 살벌한 엉겅퀴 군락을 보았네
매혹적인 자홍빛 꽃망울 탐나서
옥상 그늘 화분에 옮겼더니 낯선 환경 싫다하네
맑은 햇살 숲그늘만 그리워하네
아침이면 살아나고 한낮에는 시드는 잎
살며시 마술을 걸어본다
살아나라 꽃피워라 너무 예쁜 엉겅퀴야
알고 있니? 네 꽃빛깔은 환상이야

너는 또 왜 그러니?
억센 잎 맥없이 처진 엉겅퀴 화분 옆에
날기 연습하다 실수했나
앙증맞게 웅크린 가슴털 젖은 아기참새 한 마리
가까이 다가가 마주앉아 바라본다
왜? 무슨 말 하고 싶어?
호소하듯 간절한 눈길 떼지 않고
수없이 깜빡이는 실낱같은 눈썹
귀여움에 미소짓고 애처로워 속타는 한낮.

조락의 시간

타오르는 마지막 열정
단풍 자지러진 잡목 숲에
표정 없는 초저녁 반달
홀로 보초 선다

영세한 놀이 공원
폐쇄된 매표소 지붕 위에
방치된 출입구에
바스락거리며 작은 울음 우는 낙엽들
손 흔들며 떠나는
패자의 뒷모습처럼 가슴 아리다
정지된 오락기구 빈자리에 석양빛 휘황한데
공중에 걸린 광고 화보 속
금발 공주 얼굴에 수심 쌓이고
무료 입장객
백발 할아버지 꼬마손자 정물화 되어간다

조락을 거부하는 눈물겨운 발악인가
마지막 위엄을 지키려는 안간힘인가
숨막히는 적막을 파헤치는
발광하듯 시끄러운 음악 소리
두터운 어둠 고인다.

《문예사조》 2004. 5월호 〈이 달의 시〉

안도와 감사의 시간을 위하여

아름다운 것은
얼마나 빨리 지나가 버리는가
생명 있는 것들
시간의 흔적을 비껴가지 못하네

가랑잎처럼 빛바랜 노인
젊었을 때
꽃보다 아름다웠고
여름날 잎사귀처럼 싱싱했으리라

자랑할 틈도 없이
달아나는 푸른 계절
귀하게 아끼는 지혜로움만이
후회의 밀물 피할 수 있으리

삶의 끝자락
절실함도 까마득한 황혼 녘
안도와 감사의 시간을 위하여
남아 있는 나날을 사랑하리라.

《신문예》 2004. 7-8월호

오월의 넝쿨장미

갑자기 하늘 가린 검은 구름에 휘몰려
방향 잃은 발걸음
낯선 동네와 먼 친척의 뜰을 지나
거친 들판을 헤맨다

몸이 떠났다고 잊혀지랴
벗어나려 애쓸수록 빠져드는 수렁처럼
거부할 수도 피할 수도 없는
마음을 저당 잡힌 그곳

정겨운 웃음소리 그치고
고운 손길 보이지 않아도
무성하게 담을 넘은 오월의 넝쿨장미는
기억의 언덕에 눈부시다

돌아온 안도감인가
본가의 아늑함이 주는 나른한 슬픔인가
두 뺨에 소리 없이 미끄러지는
이유 모를 눈물

처음이 있고
모국이 있고

본향이 있듯이
어머니의 집을 떠나지는 못하리.

성령을 부으소서

무감동한 마음을
미치도록 사로잡던 대자연의 품
우상숭배와 불경죄
침묵이 더 나았을 그 여자의 전화
뒤숭숭한 말과 꿈

수년간 익숙한 산행길
믿지 못할 골절 부상으로
순식간에 추락한 생지옥
신음뿐인 허무의 시간들
때때로 선한 사마리아인을 생각했다

유월 삼일
전등불도 켜지 않은 어둑한 저녁
괴롭고 외로운 침상 곁에 서 계신
주님의 환영
다음 날 아침 다시 확인시켜 주시던

주여
용서하소서 지친 영혼 품으소서
성령을 부으소서.

권태

하늘 닿을 듯
소중하고 귀하다며
연연하고 아끼던 마음
온 동네 떠들썩

웬일인가
무슨 까닭인가
가시 돋친 미움의 안개
이유를 모르니
죄목도 알 길 없어
혼돈 속을 헤매도다

착각이거나 거짓이었으리
진실한 사랑이 증오가 되랴

권태의 강물이여
세월이여
넓고 멀리 흘러라
되돌아 오지 말며.

가벼워지기 · 2

낙원에 핀 진분홍 복사꽃이거나
토담 박꽃 같던 산골 아이
여름하늘 장미구름으로 피어나던 꿈
느닷없는 큰 풍파의 소용돌이에
휩쓸리네   산산이 부서지네

신앙의 큰 빛
반짝이는 희망들
각별한 사랑의 힘도
불행한 인식을
행복으로 되돌리지 못하네

사시사철 흐려 있는 마음의 창
활짝 열리라
침울함과 무거움의 먼지를 털어내고
낙천주의자의 밝은 노래를 부르리라
평화와 소망의 양지로 발돋움하리라.

일상의 소중함

새가 날고
강물이 흐르고 바람이 불듯이
걷는 일은 평범한 일상이었다
어디든지 어느 때나

방심하고 딴생각한 죄
음산한 비탈길 원치 않는 미끄럼 타네
말할 수 없는 통증과 부기 불편함으로
작은 걸림돌 앞에서도 긴장하는 무력감
숲의 사슴처럼 뛰어 다니던
저 푸른 앞산이 수만리 아득하구나

눈보다 흰 백합의 천국 향기
해마다 세력을 넓히는 프록스
어디선가 묻혀와 번성하고 만개한 도라지꽃
메마른 산천을 풍요롭게 하는 장마비 흩뿌리고
곧 이어 훤해지는 하늘

맴맴 맴 여름이 깊어 가는 소리
고된 훈련도 끝나고 있다
성도의 아름다운 삶과 결실을 위해
싫은 기억의 도돌이표를 지워버린다.

장마

마음씨 고왔으면
서로에게 복이 될 것을

의지와는 상관없이
휘둘리고 넘어지고

겨울 등나무처럼
뻣뻣하게 뒤얽힌 가지들
금지된 울타리를 엿보네
끝끝내 평화를 잠식하네
호의로 위장된 사악함은
스토커의 탐심인가 망상인가

사면초가의 절망
가슴속 어둠을 몰아내는
줄기차고 시원한 장마빗소리
불면의 강물이 새벽으로 넘치네.

회색 겨울

무채색의 계절
광택잃은 저녁 해
마른 숲에 기울고
저무는 도시를 헤쳐가는
겨울새 날개짓 고단하다

남겨진 자의 가슴에
허무의 웅덩이를 파놓고
웃음지으며 멀어지는 고운 님
통증의 깊이를 가늠하는 자
홀로 한숨 삼킨다

사거리 어수선한 자동차 행렬
하릴없이 분주한데
조금씩 선명해지는 네온 불빛.

인도하심 따라서

가끔씩 바라보았습니다
막연한 동경의 눈길로
단 한번 꿈속처럼 마당에 서 있기도 했으나
대개는 무심히 지나쳤습니다

바라만 보는 동인
그곳은 심중에 자리잡았나 봅니다
적응하기 어려웠던 인생이란 학과
삶의 현장에서 겹겹이 에워싸는 어둠의 세력들
마음의 고단함이 극한 상황이던 어느 날 한밤중
자신도 모르게 천천히 가파른 길을 올라갔지요

창백한 푸른 불빛
조금은 침착해진 마음으로 닫힌 문을 열었습니다
새벽이 밝아오듯
오랫동안 찾던 알 수 없는 평안이 거기 있었습니다
허탈과 안도감이 밀려왔습니다

그 후로 마음과 발길이 그곳을 향했지만
셋방이나 남의 집처럼 서먹해서
나무그늘과 차가운 달빛아래 서성이는 자신이 한심했습니다

지금 나는 그곳에 있습니다
위태롭던 영혼이 피난처로 옮긴 느낌이랄까요
분명한 것은
시달리고 지친 심령을
성령께서 평강으로 인도하셨다는 사실입니다.

희망

우중충한 배수구 한 귀퉁이에
나동그라진 붉은 강낭콩 한 알
이따금 흘러가는 물줄기에 목축이며
떡잎 두 개 돋아나고
길게 누운 가냘픈 몸
흙 한줌 입지 못한 기약없는 시간이지만
산달래처럼 의지강한 실뿌리는
날마다 기적을 꿈꾸었다네

지옥에서 낙원으로
쾌적한 꽃밭 한 가운데 새터를 잡던 날
하늘에선 축복의 비가 내렸지
쉬지 않고 뿌리 뻗고 잎새 피고 꽃구름 일어
일백 사십 배 알찬 열매 주렁주렁
모든 것에 감사드리리
역경에서 구한 손길이여
옥토와 단비, 풍성한 햇살이여.

《살롬》지 2005. 가을호

사막

암담한 모래언덕
뜨거운 열바다에
검은 구름을 타고
기적 같은 사랑의 우기가 찾아 옵니다
세상에서 제일 솜씨 좋은 정원사도 꾸미지 못할
천국이 된 사막의 야생화 바다에는
생존기술이 뛰어난 온갖 열대성 생물들이
덧없는 풍요와 기쁨의 잔치를 즐깁니다
지독한 허기를 채우고
긴 목마름을 해갈합니다
곧 이어 무자비한 태양이 지배하는 건기가 시작되고
숨막히게 아름답고 장엄한 일몰 속에
야생 동물들은 멋진 한 폭의 그림 같습니다

고요하고 치열한 사막 같은 나그네길을
이슬비처럼 소리 없이
때로는 폭풍처럼 요란하게
무지개 너머에 존재한다는 환상 속 오아시스를 찾아
오늘도 사람들은 동분서주합니다.
꿈의 오아시스를 찾고 못 찾는 일은
온전히 개개인의 몫이겠지요.

아기철쭉

동면에 빠진 계곡
회흑색 나목들 빽빽하게 하늘 찌르고
푸른 솔잎 점점이 떠 있다

느긋하고 묵묵히 크고 작은 야생의 산주인들
온화한 햇볕 차가운 바람의 밀회에
조용히 귀 기울여 희미한 봄의 서곡 듣고 있다
불면의 갈잎 서걱서걱 투정하고

천년의 풍화 작용을 거듭한
탈진한 늙은 바위 바늘구멍 틈새로
언감생심
겁도 없이 고개 내민 아기 철쭉
추위에 질린 앳된 자줏빛 얼굴이 안쓰럽다

헤아릴 길 없는 생명의 불가사의.

눈 오는 날

눈이 옵니다
겨울 골짜기와 깊은 강물 위에
황새냉이 나생이 잠자는 들녘에
불면증 앓는 도시 위에
골고루 온 천지를 하얀 순수로 물들입니다
살면서 열 받은 마음 식히라며
고질이 된 홧병을 다스리는 진실한 사랑처럼
환한 웃음꽃 피우며 무진장 내립니다
산중턱 사거리에
삶의 흔적처럼 모양도 무늬도 크기도 제각각
오가다 어지럽게 겹쳐지고 벗어난 발자국들은
눈을 피해 서둘러 각자의 장막으로 돌아갔나 봅니다
저 뒤에 검게 웅크리고 하얀 길을 돌아 나오는 사람
발걸음이 마음처럼 빨라지지 못할 때
반바지 차림의 낯익은 남자 구세주처럼 뛰어 지나갑니다
산비탈 윤곽이 흐려진 나무계단을
조심조심 미끌미끌 내려갑니다
막연한 두려움과 외로움 엷은 슬픔이 밀려옵니다
미지의 세계로 가는 길이 이런 느낌일까요
눈발이 점점 굵어집니다
때로는 탈출하고 싶었던 마을이
깨끗한 눈꽃세례를 받아 동화 속 같습니다.

한 가지 확신

까마득히 높은 장벽
서녘 창을 물들이는 해
잠못드는 파도

한 가지 확신

때를 따라 도우시고 인도하시는
전능하신 하나님의 은총과 기적
할렐루야! 아멘!

마음을 다스리는 비결

시간 있을 때마다
기쁠 때나 힘들 때나
근심의 무게로 기도가 안 될 때에도
목마른 자가 생수를 찾듯
나의 또다른 기도요 간구인
찬송가를 듣는다

좋은 음성으로 감격스럽게 부르는
은혜로운 찬송가의 선율에 묻혀
나날의 작은 안식을 구한다
각별하게 마음 끌리는 찬송가를
시도 때도 없이 반복해서 들으며
요동치는 마음을 다스려 왔다.

진실

흔하지도 않고
끝까지 남는 것이 진실이지만
사람들은
진실의 귀한 가치를 의식하지 못하거나
소홀히 대합니다

올바른 생각을 말하고도
후회하고
좋은 의도라고 확신한 일이
비난이나 원망이 되어 돌아옵니다

인내심에 한계를 느낀 진실은
드디어
무관심의 무풍지대에 다다릅니다.

축복

내가 주님을 영접하지 못했을 때
오랫동안 신앙의 미숙아였을 때
온갖 시험과
벌떼 같은 미신쟁이에 둘러싸여
희락도 없이 불안과 침체 속에 살았네
영혼의 그늘 깊었네

상상조차 두려워라
주님을 모르는 삶
기독교인으로 살아 가게 하신
놀라운 축복
생전에 감사 드리겠네

권능과 평강의 주님
나의 중심 보시네
메마른 마음 사랑의 향기로 채우시고
넘치는 은혜의 밝은 빛 내게 비추시네
갈길 보이시며 늘 지켜 주시네

찬양과 경배와 감사기도 드리네.

삶이 행복한 언어의 형상
- 정양숙 제2시집 《단비를 기다리다》를 중심으로

삶이 행복한 언어의 형상
– 정양숙 제2시집 『단비를 기다리다』를 중심으로

조병무 | 문학 평론가

　오늘날 우리들이 바라보는 서정의 시 세계는 두 가지가 있다. 어떠한 세계를 내면적으로 보느냐 외면적으로 보느냐 라는 물음이 될 것이다. 그러나 두 가지의 세계는 이질적인 상태에서 나타나서는 안되고 상호 관련된 연관선상에서 시인의 상상력은 서정으로 펼쳐지게 된다.

　시인의 감성은 여러 갈래로 분석되지만 그 감성의 출발은 서정이다. 모든 나라의 시문학사의 근원적인 바탕은 서정에서 출발하고 있다. 이러한 서정의 기초 위에서 문학사에 기술되는 사조가 파생되어 형성된다.

　시인 정양숙의 시의 서정도 이러한 맥락을 기초로 하고 있다. 시인의 제2시집『단비를 기다리다』에서는 3부로 나누어져 있다. 제1부 삶의 빛깔, 제2부 찔레꽃 향기, 제3부 가벼워지기, 이렇게 3부로 나누어져 있는데 그 3부 각각의 특징을 보면 제1부에서는 시인의 삶의 관심사에 관점을 두고 있으며, 제2부에서는 자연물에 의한 감성의 일치와 그 현장을 그려주고 있다. 그리고 제3부에서는 행복에 대한 종교적인 심상을 표현하고 있음을 볼 수 있다. 다만 이러한 분류는 시인의 작품에서 유사성의 소재와 표현에 대한 형식상의 나눔일

뿐 엄밀한 분류는 아님을 알 수 있다.

정양숙 시인의 작품에서 큰 하나의 덩어리는 사물에 대한 관심이다. 그의 관심은 포괄적이고 일상적이며 삶의 생활 속에 내재된 모든 바라봄이 감성적인 심상으로 들추어진다. 그러면서 가장 가깝게 근접하면서 시인의 강한 톤이 형성된다.

다만 시인의 세 가지 특성, 즉 삶의 관심사라든가, 감성의 일치현상이라든가 종교적인 심상의 표현 등 그 주변을 감싸고 있는 외형적인 요인은 자연물의 생성 속에서 울어 나오고 있다는 점이다. 인간의 기본적인 삶의 본성은 우주라는 틀이라고 할 때 그 틀 속에 자연이라는 모체가 존재한다는 것은 상보적인 관계를 이루고 있기 때문이다. 이러한 기본적인 바탕에서 시인의 작품이 형성되고 있다.

제1부 《삶의 빛깔》에서 많이 나타나는 삶의 관심사에 대한 문제는 내면적인 형태보다 외형적인 부문으로 찾아오면서 그것을 다시 혼합한다. 그것은 시인이 부딪치는 일상에 대한 관심이다.

시인의 작품「삶의 빛깔」에서는 물에서 낚아 올리는 고등어의 급한 성질에서부터 추락하는 허약한 영혼 속에서 그래도 삶은 아름답다라고 의식하는 인식의 차원은 정양숙 시인의 강한 이미저리이다.

그래서 시인의 삶의 방법은 허약하지 않으며 나약하지도 않다. 다음과 같은 작품에서 시인의 일상적
사고가 뚜렷하게 나타난다.

운명은 피해가지 못하는가
억지로는 안 되어도

때가 되면
돌고 돌아 마주치는 깃

오랜 시간 많은 날들
잡을 수 없어 애타던 풀잎 꿈

생각을 끊으리라
포기하는 순간 열리던 문
갈길 보이고

삭막한 대지를 감싸는 봄비
기갈 든 뿌리에도 움트고
꽃망울 터지겠네.

「갈 길 보이다」 전문

　사람의 삶에서 운명의 문제만큼 심각하게 와 닿는 것은 없다. 무엇이 운명적인 것으로 자신의 주변을 맴돌고 있다고 하여도 사람들은 피하려는 것이 일상이다. 그러나 이 작품에서 정양숙 시인은 운명적인 순응으로 흡수한다. 〈때가 되면 / 돌고 돌아 마주치는 것〉이 운명으로 인식한다. 그에게는 〈애타던 풀잎 꿈〉을 오랜 시간 동안 잡으려 했다. 운명으로 여겨 〈생각을 끊으리라〉하는 운명적인 상황에서 〈열리던 문〉을 감지한다. 그리고 〈봄비〉와 〈꽃망울〉이 터진다.

　이러한 작품에서 삶의 서정을 모티브로 그려주고 있으면서 이를 긍정적인 감각으로 받아들이는 정신적인 매체가 시인에게는 핵심적인 요인으로 나타난다. 한국적인 서정시에서 자칫 나태하거나 절망하는 서정 이미지와는 다르게 긍정적이고 밝은 정신적인 사고를 찾을 수 있는 점이 정양숙 시인의 장점이다. 물론 표현의 사물에 따라서는 어둠의 이미지가 있을 수 있으나 그것은 상황에 따른 소수에 불과하다.

그러면서 고독한 삶의 심정적인 이미지를 한 톨의 빈틈없이 그려준 작품으로「고독」이라는 작품을 엿볼 수 있다. 〈검고 앙상한 고목 / 높고 메마른 가지 위 / 미동도 없는 / 까치 한 마리 / 빈 숲 능선 위로 너울대는 / 일몰을 향한 채 / 시름겹다.〉 작품 전문이다. 간결하면서 삶의 고독을 작은 한 폭의 소품으로 만들어 주고 있다. 〈까치〉 한 마리에서 이렇게 고독의 심상을 함축적으로 그려주고 있음이 바로 시의 묘미이다. 전체적으로 구성되고 있는 시어의 뉴앙스는 모두가 〈까치〉를 향하고 있다. 그러면서 까치의 형상이 크로즈업되어 반사경으로 큰 윤곽을 이룬다.

제2부《찔레꽃 향기》에서 유달리 시인에게는 자연의 큰 덩어리인 꽃, 해, 달, 나무, 봄, 여름, 가을, 하늘, 밤, 등의 자연과의 인접을 놓치지 않는다. 시인은 자연을 감성의 실상으로 받아들이고 있다. 어떤 사물에 대한 자신과의 관계 설정을 일치시키고 있다. 자연의 모든 존재는 시인의 의식의 세계와 합일하고 그것을 동일시하려는 정신이 건재하다.

꽃피는 아침
진주이슬 풀숲길 따라
너는 오리라

초록 잎에 햇살 황홀한 한낮

미세한 비바람결에도
우수수 우수수 나엽 지는 오후
산골 마을 눈보라에 묻혀가는 밤이거나
가슴 저민 새벽 달빛 받으며
너는 오리라

조금 빠르거나
아득하게 늦을지라도
너는 오리라
숨차도록
단숨에 달려 오리라
내게
너는 오리라

「너는 오리라」 전문

이 작품의 1연과 2연은 〈꽃 피는 아침〉이라는 시간적 공간적 설정으로부터 희망으로 그려진다. 이 작품의 시어에서 자연은 〈꽃〉 〈아침〉 〈이슬〉 〈풀숲〉 〈초록 잎〉 〈햇살〉 〈비바람〉 〈낙엽〉 〈눈보라〉 〈밤〉 〈새벽〉 〈달빛〉으로 12개의 자연 관련 시어로 되어 있다. 〈너는 오리라〉는 긍정적인 기대감을 자연물의 실상과 함께 감성을 일치시키고 있다.

말하자면 시인의 시적 감각은 동양적인 인식에서 비롯되고 있으며 동양 정신은 우주의 만물과 상통한다는 정신적 핵심을 읽고 있다는 점에서 퍽 고무적이다. 제2부에서「봄 동산」「발자국 소리」「무상」「불멸」「마음의 산책로」「작은 새」「여정」「찔레꽃 향기」「행운」등등 대부분의 작품이 자연의 이미지와 관련을 맺지 않는 것이 없다.

이러한 정양숙 시인의 자연은 적절하게 작품을 이루는 매체가 되면서 그 매체를 가장 적절한 언어의 비유에 합일시킨다. 자연에 대한 큰 관점은 시인의 〈그리움〉과 〈기다림〉이라는 초점으로 집결시킨다.

시인이 인식하는 자연은 사람과 하나다.

대부분이 긍정적인 자연을 바라보는 태도가 일정하다. 〈부드럽고 여린 꽃잎 어디에 / 이토록 우아한 향취 품었을까 -「찔레꽃 향기」〉 〈고요한 달빛 / 새벽 침상에 우두커니 앉아 있다 -「발자국 소리」〉 〈환희의 벚꽃 동산 / 흩날리는 꽃잎 세례 / 사람들은 행복하게 웃음짓고 -「무상」〉 〈비 그친 가지 끝의 영롱한 빗방울이었나 / 봄눈처럼 허망한 아름다움이었나 「해와 달」. 몇 편의 작품만 보아도 그에게의 자연은 바로 시인 자신이다. 시인은 자연을 자신의 마음으로 만들어 주고 있다.

제3부 《가벼워지기》에서는 행복을 일상으로 여기는 시인의 정신을 읽을 수 있다. 그것은 삶의 언저리에 숨쉬는 모든 요소이기도 하지만 때로는 시인의 정신이기도 하다. 성령과 행복과 감사의 일념이 작품의 모티브를 이루기도 한다.

싱싱하던 꽃송이 시들고
또 한 송이 떨어진다

잦은 태풍
미움 들끓는 곳에
살아 남는 것은 없다

영원한 사랑의 맹세도
인연의 질긴 끈도
무력하다

사랑하는 기쁨을 모르는 불행
은혜의 불모지에
행복은 꽃 피지 못한다.

「사랑의 부재」 전문

　정상숙 시인이 행복은 기독교의 정신적 요인에 초점을 맞춘다. 그러면서 더러는 자연의 중심에서 또한 행복을 찾으려 한다. 위의 작품「사랑의 부재」에서는 직설적인 시어를 피하였지만 기독교의 정신을 기본으로 받치고 있다. 〈은혜의 불모지〉는 바로 비유의 전이다. 싱싱한 꽃송이 떨어지고 무력한 사랑의 끈도 〈은혜의 불모지〉를 알지 못함에 원인을 둔다.

　시인의 표현의 몇 부문에서 〈기도를 해야겠다 -「시간」〉〈막연한 은혜의 단비를 기다리며 -「단비를 기다리다」〈기도하며 노력하며 기다리는 일 외에는 -「안개비 속에서」〉〈주여 / 용서하소서 지친 영혼 품으소서 -「성령을 부으소서」〉〈성도의 아름다운 삶과 결실을 위해 -「일상의 소중함」〉〈시달리고 지친 심령을 / 성령께서 평강으로 인도하셨다는 사실입니다 -「인도하심 따라서」〉〈전능하신 하나님의 은총과 기적 / 할렐루야! 아멘! -「한가지 확신」〉 등 작품의 일부에서 보듯이 시인의 행복의 모든 것은 기독교적인 감성과 마음의 움직임에 있다.

말하자면 기독교의 종교적 관점에 자신의 삶의 초점을 이행시키고 있다. 행복에 대한 집착이 성령의 인도, 삶의 형성미, 감사의 심정을 심화시키는 곳으로 정착시킨다.

정양숙 시인의 작품에서 몇 가지 중요한 포인트를 살펴보았다. 정시인의 작품은 하나의 사물보기를 강한 서정을 바탕으로 하면서 자연과 종교적 감사의 심정이 작품에서 가감하지 않고 부각된다.

오늘날 시는 다양한 사물로 많은 것을 보여준다. 정양숙 시인의 시의 향기는 무척 가벼워지기 때문에 언제나 찔레꽃 향기 가득하고, 삶의 빛깔을 뿌려주며 단비를 기다리는 사람들에게로 향할 것이다.

정양숙 제1시집

그림자 된 그리움

정양숙 시인

그리움의 대상이
누구든 간에
고달픈 나그네 길에서
간절한 그리움은
지치지 않는
영혼의 활력소라고 믿기에
여기
그리움의 파편들을
모았습니다.

정양숙의 시는 현실의 칼칼한 목청보다는 이상적인 높이를 지향하는 건강성이 있고, 자연의 본원적인 곳에 생명의 시원始原을 저장하면서 시심詩心을 자극한다. 이는 꽃이나 강 혹은 산의 이미지가 부드러운 무드로 다가올 때, 잃었던 고향의 정서가 되살아 오면서 친근미를 유발한다. 이는 시인의 품성을 나타내는 복합적인 작용물이 시로 얼굴을 바꾸었음을 뜻한다.

그리움은 정시인의 시에 가장 빈도 높은 의식의 일단이면서 정신의 응축을 보이는 부분으로 감각적이기보다는 유연한 이미지로 포장되었기 때문에 동일성의 이미지로 환치換置되면서 시인의 의식과 평행을 이루는 기쁨의 작용을 한다. 결국 정양숙의 시는 자연정서를 기반으로 유연하고 다감한 마음을 대상에 호소하는 그리움과 순수의 시인으로 정리된다.

—채수영(문학평론가)

새미 간 | 120쪽 | 6,000원

미래시선 139

단비를 기다리다

지은이 | 정양숙
펴낸이 | 임종대
펴낸곳 | 미래문화사

찍은 날 | 2006년 1월 5일
펴낸 날 | 2006년 1월 10일

등록 번호 | 제3-44호
등록 일자 | 1976년 10월 19일
주소 | 서울시 용산구 효창동 5-421
전화 | 715-4507 / 713-6647
팩시밀리 | 713-4805
E-mail | miraebooks@korea.com
mirae715@hanmail.net

ⓒ 2005, 미래문화사
ISBN | 89-7299-313-1 03810